Eduard Zeller

Uber die Unterscheidung einer doppelten Gestalt der Ideenlehre in den platonischen Schriften

Antigonos

Eduard Zeller

Uber die Unterscheidung einer doppelten Gestalt der Ideenlehre in den platonischen Schriften

Unveränderter Nachdruck der Originalausgabe von 1876.

1. Auflage 2024 | ISBN: 978-3-38635-080-8

Antigonos Verlag ist ein Imprint der Outlook Verlagsgesellschaft mbH.

Verlag: Outlook Verlag GmbH, Zeilweg 44, 60439 Frankfurt, Deutschland, info@outlook-verlag.de
Vertretungsberechtigt: E. Roepke, Zeilweg 44, 60439 Frankfurt, Deutschland
Druck: Libri Plureos GmbH, Friedensallee 273, 22763 Hamburg, Deutschland

SITZUNGSBERICHTE

1887.
XIII.

DER

KÖNIGLICH PREUSSISCHEN

AKADEMIE DER WISSENSCHAFTEN

ZU BERLIN.

Sitzung der philosophisch-historischen Classe vom 3. März.

Über die Unterscheidung einer doppelten Gestalt der Ideenlehre in den platonischen Schriften.

Von E. ZELLER.

Über die Unterscheidung einer doppelten Gestalt der Ideenlehre in den platonischen Schriften.

Von E. Zeller.

(Vorgetragen am 3. März [s. oben S. 195].)

Seit die Lehre von den Ideen in Plato's Geist aufgegangen ist, steht sie so entschieden im Mittelpunkt seines Denkens, dass er keinen Theil seines Systems darstellen konnte, ohne auf sie hinzublicken, und sie nur da ganz unberücksichtigt lassen durfte, wo es sich (wie in den Gesetzen) nicht um die Darlegung seiner eigenen wissenschaftlichen Ansichten handelte. Wenn wir daher neben der überwiegenden Anzahl derjenigen Gespräche, in denen wir den Spuren der Ideenlehre begegnen, unter den ächten und wissenschaftlicher Untersuchung gewidmeten Schriften auch solche finden, die jene Lehre nicht kennen, so ist diess einer von den entscheidendsten Gründen für die Annahme, dass diese Schriften von Plato in einer Zeit verfasst worden seien, in welcher er auch für sich selbst von den sokratischen Begriffen noch nicht zu den Ideen fortgegangen war. Weit schwieriger ist die Frage, die auch erst in den letzten Jahren zur Erörterung gekommen ist, ob in denjenigen Gesprächen, welche die Ideenlehre theils voraussetzen, theils ausdrücklich ihrer Begründung und näheren Bestimmung gewidmet sind, Modificationen derselben sich nachweisen lassen, die uns einen Schluss auf die Zeit ihrer Abfassung erlauben. Denn es müsste hiefür nicht allein zwischen denselben eine Verschiedenheit der Auffassung nachgewiesen, sondern es müsste auch untersucht werden, an welchen Merkmalen die frühere und die spätere Lehrform sich als solche erkennen lässt. Für diese letztere Untersuchung verspricht nun die aristotelische Darstellung der Ideenlehre eine Beihülfe zu gewähren; denn je mehr sich ein Gespräch den Bestimmungen annäherte, in welchen diese Darstellung von der in den übrigen platonischen Schriften vorliegenden abweicht, um so mehr Grund hätten wir, dasselbe im Vergleich mit anderen für das spätere zu halten. Es würde sich demnach fragen, ob von denjenigen platonischen Schriften, welche die Ideenlehre überhaupt berücksichtigen, ein Theil mit der aristotelischen Fassung derselben in höherem Grad übereinstimmt, als der andere, worin diese Übereinstimmung besteht und wie weit sie sich erstreckt. Eine Reihe von Abhandlungen, welche sich eingehend mit dieser Frage beschäftigen, hat in den letzten Jahren Hr. JACKSON in Cambridge veröffentlicht;[1] und an diese Abhandlungen will ich mit den nachstehenden Bemerkungen um so mehr anknüpfen, da dieselben bis jetzt in Deutschland noch wenig bekannt zu sein scheinen. Doch ist es nicht meine Absicht, dem Gang derselben Schritt für Schritt zu folgen oder auf alle Einzelheiten ihres Inhalts einzugehen.

Nach der bisher allgemein angenommenen Ansicht[2] weicht diejenige Form der Ideenlehre, über welche Aristoteles auf Grund der platonischen Lehrvorträge berichtet, von der in den sämmtlichen platonischen Schriften niedergelegten dadurch ab, dass Plato nach Aristoteles 1. nur von Naturdingen, nicht von Kunstprodukten, Eigenschaften und Verhältnissen Ideen annahm; dass er ferner 2. die Ideen als Zahlen bezeichnete, diese Idealzahlen aber von den mathematischen, und ebenso die idealen Raumgrössen von den mathematischen Grössen unterschied; dass er endlich 3. die Ideen oder Idealzahlen selbst aus zwei Elementen bestehen liess: dem Einen oder dem Guten, und dem Grossen-und-Kleinen, welches dem Unbegrenzten oder der unbestimmten Zweiheit gleichgesetzt und von Aristoteles als die Materie der Ideen bezeichnet wird. JACKSON jedoch sucht nachzuweisen, dass sich schon in den platonischen Schriften selbst zwei von einander erheblich abweichende Fassungen der Ideenlehre finden: eine ältere und eine jüngere, der aristotelischen Darstellung derselben näher stehende, jene in der Republik und im Phädo vorgetragen, diese im Theätet, Sophisten, Parmenides, Timäus und Philebus. Zwischen diesen beiden Gruppen von Gesprächen finde nämlich der Unterschied statt, dass nach der Republik und dem Phädo allen allgemeinen Begriffen für sich seiende Ideen entsprechen, und diese den Einzeldingen immanent seien, die Einzeldinge an ihnen Theil haben; wogegen in den fünf späteren Gesprächen, ebenso wie bei Aristoteles, nur von den Naturdingen Ideen im Sinn fürsichseiender Begriffe angenommen werden, und das Verhältniss dieser Ideen zu den Einzeldingen lediglich das des Urbilds zum Abbild sei, von einer Theilnahme der Dinge an den Ideen nur in Beziehung auf die nicht für sich bestehenden εἴδη, die Eigenschafts- und Verhältnissbegriffe, gesprochen werde.

---

[1] *Plato's later theory of ideas.* I. *The Philebus and Aristotle's Metaphysics* I, 6. *Journal of Philology* Vol. X (1881) 253—298. II. *The Parmenides.* Ebend. XI, 287—331. III. *The Timaeus.* Ebend. XIII, 1—40. IV. *The Theaetetus.* Ebend. XIII, 242—272. V. *The Sophistes.* Ebend. XIV, 173—230 (1885).

[2] Für welche ich die Belege Platon. Stud. 216 ff. Phil. d. Gr. IIa, 805 f. gegeben habe.

Sehen wir nun, wie es sich mit der Begründung dieser Sätze und einiger weiteren damit in Verbindung stehenden Annahmen verhält, und fragen wir zuerst: Ist es richtig, dass Plato in den fünf von Jackson seiner späteren Zeit zugewiesenen Gesprächen keine Ideen von anderem, als Naturdingen, annimmt? so ist diese Frage unbedingt zu verneinen. Von den Belegstellen, welche Jackson für sich geltend macht, beweist auch nicht Eine das, was er darin sucht. Wenn der Theätet 185 C ff. ausführt, dass die allgemeinen Begriffe, wie der des Seins und Nichtseins, der Ähnlichkeit und Unähnlichkeit, des Geraden und Ungeraden u. s. f. und ihr Verhältniss zu einander nicht mit den Sinnen wahrgenommen, sondern von der Seele für sich allein durch Nachdenken und Vergleichung[1] gefunden werden, so liegt darin auch nicht die entfernteste Andeutung davon, dass von ihnen (wie Jackson XIII, 271 will) keine für sich bestehenden Ideen anzunehmen seien. Dass ferner im Philebus 25 B ff. unter dem »Gemischten« ausser den sinnlichen Dingen auch die Ideen oder die unveränderlichen Typen dieser Dinge befasst seien (X, 283 f.), ist ganz unmöglich, denn mit dem Gemischten bezeichnet hier Plato nach seiner bestimmten Erklärung (26 D) alles, was aus dem Unbegrenzten und der Grenze hervorgeht, indem es mittelst der durch die Grenze bestimmten Maasse in's Dasein gerufen wird.[2] Den Ideen aber, als dem Ewigen, kann keine γένεσις εἰς οὐσίαν beigelegt, sie können überhaupt mit dem Sinnlichen nicht in Eine Klasse zusammengefasst werden; und so findet sich denn auch in unserer Stelle schlechterdings nichts, was auf sie hinwiese, und ebensowenig irgend etwas, das für die weitere Behauptung spräche, dass Plato im Philebus nicht mehr allen allgemeinen Begriffen, sondern nur den auf Dinge bezüglichen, Ideen entsprechen lasse. Wird weiter (XIII, 14) aus Tim. 57 C herausgelesen, dass die reinen elementarischen Stoffe (die πρῶτα καὶ ἄκρατα σώματα) die einzigen Materien seien, von denen Plato Ideen annehme, so fehlt es doch an jeder Spur eines Beweises für diese Annahme. Ebenso unerwiesen und unerweislich ist die Vermuthung (XI, 318), dass mit dem im Parmenides 142 B—155 E. 157 B—159 E besprochenen Vielen (also sowohl mit dem ἕν als den ἄλλα τοῦ ἑνὸς) die Ideen gemeint, und diese als die natürlichen Arten

---

[1] Nämlich Vergleichung derselben mit einander, nicht, wie Jackson sagt: *upon a survey of sensibles in comparison with one another*, denn es heisst 185 E f.: alle diese Begriffe, ebenso die des καλὸν und αἰς χρὸν, ἀγαθὸν und κακὸν, betrachte die Seele αὐτὴ δι᾽ αὑτῆς und nicht διὰ τῶν τοῦ σώματος δυνάμεων, sie untersuche ihr Wesen πρὸς ἄλληλα, und ebenso erkenne sie auch die οὐσία und den Gegensatz der sinnlichen Qualitäten (wie Hart und Weich) nicht διὰ τῆς ἐπαφῆς, sondern αὐτὴ ἡ ψυχὴ ἐπανιοῦσα καὶ συμβάλλουσα πρὸς ἄλληλα.

[2] Τούτων ... τὸ ἔκγονον ἅπαν, γένεσιν εἰς οὐσίαν ἐκ τῶν μετὰ τοῦ πέρατος ἀπειργασμένων μέτρων. Ähnlich 27 B.

gedacht seien. Aber auch von der Stelle, auf welche Jackson das grösste Gewicht legt und immer wieder zurückkommt, den Erörterungen im ersten Theil des Parmenides, wird sogleich gezeigt werden, dass sie seine Annahme nicht blos nicht bestätigt, sondern sie sogar auf's entschiedenste widerlegt, und dass demnach die Behauptung (XIII, 2), Plato habe in seinen späteren Gesprächen Ideen von Verhältnissen, Negationen und Kunstprodukten ausdrücklich geleugnet *(distinct denial)*, jeder Begründung entbehrt.

Das Gegentheil lässt sich vielmehr unwidersprechlich darthun. Wenn der Theätet 176 E f. den Politikern gewöhnlichen Schlages vorhält, dass sie durch ihr Verfahren unter den παραδείγματα ἐν τῷ ὄντι ἑστῶτα nicht dem θεῖον, sondern dem ἄθεον ähnlich werden, so liegt am Tage, dass mit diesen Urbildern einerseits für sich bestehende εἴδη derselben Art gemeint sind, wie die, von denen Parm. 132 D gleichlautend gesagt wird: ὥσπερ παραδείγματα ἑστάναι ἐν τῇ φύσει; dass aber andererseits diese Urbilder von Lebensweisen („τὸν βίον ᾧ ὁμοιοῦνται") so wenig, als die παραδείγματα βίων Rep. X, 617 D, Ideen von Naturdingen, sondern von Relationen sind; denn ihr Verhältniss zur sittlichen Anforderung ist es, wodurch das »göttliche« oder gerechte und das »gottlose« oder ungerechte Leben sich von einander unterscheiden. Für sich bestehende εἴδη des δίκαιον, καλόν, ἀγαθόν u. s. f. nimmt Sokrates auch im Parmenides 130 B an, und der eleatische Philosoph hat nichts dagegen zu erinnern; Parmenides selbst redet, gerade wo es sich um Ideen von Verhältnissen handelt, von dem αὐτὸς δεσπότης, αὐτὸς δοῦλος, der αὐτὴ δουλεία, αὐτὴ δεσποτεία, und wie Phädr. 247 D, von der ἐπιστήμη αὐτή, ὃ ἔστιν ἐπιστήμη; und der Philebus nennt 62 A unter den ὄντα die αὐτὴ δικαιοσύνη, den κύκλος (sc. αὐτὸς) und die σφαῖρα αὐτὴ ἡ θεία. Kreise und Kugeln sind aber als Raumgestalten etwas eben so relatives, wie es der Raum selbst ist. Diese Gespräche stimmen also in dieser Beziehung mit dem Phädrus (247 D), dem Phädo (65 D) und der Republik (V, 479 A f.) durchaus überein. Wenn ferner der Sophist auf Grund einer ausführlichen Untersuchung unter die ὄντα neben dem ἕτερον als ein εἶδος auch das μὴ ὄν rechnet und von ihm sagt, es sei ὄντως μὴ ὄν (254 D), βεβαίως τὴν αὐτοῦ φύσιν ἔχον (258 B), so haben wir an diesem ebenso gewiss die Idee einer Negation, wie an jenem die einer blossen Relation; denn das ἕτερον gehört (255 C f.) zu dem, was ἀεὶ πρὸς ἕτερον λέγεται, es ist ein reiner Verhältnissbegriff. Auch die Ruhe und die Bewegung und die Identität werden aber hier (254 B ff.) ebensogut wie das ὄν, das μὴ καλόν, das μὴ ἀγαθόν, das μὴ δίκαιον werden ebenso wie das καλόν u. s. f. zu den ὄντα gezählt, denen, nach dem eben angeführten, das unveränderliche Sein der Ideen zukommt. Diess stimmt vollkommen zu dem Kanon der Republik

(X, 596 A), dass jedem allgemeinen Begriff eine Idee entspreche. Noch entschiedener spricht sich der Parmenides gerade in der Stelle aus, von der JACKSON[1] glaubt, dass Plato darin diese seine frühere Ansicht zurücknehme. Der junge Sokrates lässt sich hier allerdings (130 B) durch die Frage, ob es von allem und jedem Ideen gebe, in Verlegenheit bringen: von der Ähnlichkeit, dem Einen, dem Vielen, dem Gerechten, Schönen und Guten nimmt er unbedenklich für sich bestehende Gattungen (εἶδος αὐτὸ καϑ᾽ αὐτὸ-χωρὶς μὲν εἴδη αὐτῶν ἄττα, χωρὶς δὲ τὰ τούτων αὖ μετέχοντα) an; hinsichtlich des Menschen, des Feuers und Wassers wagt er sich nicht zu entscheiden; zu Ideen der Haare, des Schmutzes u. s. w. kann er sich nicht entschliessen. Allein theils werden schon hiemit gerade für Verhältnissbegriffe, auf welche bei Aristoteles, und wie JACKSON glaubt auch in Plato's späteren Schriften, die Ideenlehre nicht ausgedehnt wird, εἴδη χωριστὰ behauptet, während sie für die Naturdinge in Frage gestellt werden; theils erhält (was JACKSON ganz unberücksichtigt lässt), Sokrates sofort (130 E) von Parmenides die Belehrung: diese Scheu, seine Annahme an allen Dingen durchzuführen, sei nur ein Zeichen jugendlicher Unreife, wenn er es in der Philosophie weiter gebracht habe, werde ihm nichts einer Idee unwerth erscheinen. Deutlicher hätte Plato die Deutung seiner Ansicht, welche ihm jetzt aufgedrungen werden soll, kaum abweisen können. Die Auskunft aber (XIV, 212 ff.), dass er unter den εἴδη zwei Classen unterscheide, solche, die αὐτὰ καϑ᾽ αὐτὰ seien, und solche, die es nicht seien, ist in jeder Beziehung unhaltbar. Plato unterscheidet im Sophisten (251 C ff.) solche εἴδη, die mit einander in Gemeinschaft treten, d. h. von einander praedicirt werden können, und solche, bei denen diess nicht der Fall ist. JACKSON übersieht nun, was sich ihm freilich hätte aufdrängen müssen,[2] dass sich diese Unterscheidung lediglich auf das Verhältniss der εἴδη zu einander bezieht, macht aus denen, welche mit gewissen andern in Gemeinschaft treten können oder diess nicht können, κοινωνοῦντα und μὴ κοινωνοῦντα schlechtweg, setzt dem μὴ κοινωνεῖν, ohne jeden Versuch einer exegetischen Beweisführung, das καϑ᾽ αὐτὸ εἶναι, dem κοινωνεῖν das μὴ καϑ᾽ αὐτὸ εἶναι gleich, und kommt mittelst dieser doppelten Verwechslung der Begriffe zu Behauptungen, die jeden Kenner Plato's befremden müssen. Denn von Ideen, welche nicht für sich wären,

---

[1] X, 258 f. XI, 289 f. 296 XIV, 217.

[2] Gleich 251 D wird ja die Frage so gestellt, ob die οὐσία, κίνησις, στάσις u. s. w. ὡς ἄμικτα ὄντα καὶ ἀδύνατα [so Bekk. mit Recht; Herm. -ov] μεταλαμβάνειν ἀλλήλων zu setzen seien, ἢ πάντα . . . δυνατὰ ἐπικοινωνεῖν ἀλλήλοις; und dieses für den Sinn der ganzen Erörterung entscheidende ἀλλήλοις wird bei dem κοινωνεῖν regelmässig wiederholt; vergl. 252 D. 253 A. 254 C. D. 257 A. 259 A. Es soll untersucht werden (253 B) ποῖα ποίοις συμφωνεῖ τῶν γενῶν καὶ ποῖα ἄλληλα οὐ δέχεται.

weiss er nichts, und ebensowenig ist Aristoteles etwas von solchen bekannt; wie vielmehr dieser alle platonischen εἴδη unterschiedslos als χωριστὰ behandelt, so erklärt auch Plato (s. o. S. 201), die Ideen seien für sich und gesondert von den Dingen, die an ihnen theilhaben, und er dehnt diese Aussage ausdrücklich auf alle allgemeinen Begriffe aus, während er zu dem, wovon sie unzweifelhaft gelte, von vorne herein eine Anzahl Eigenschafts- und Verhältnissbegriffe rechnet.

Wie nun in ihren Bestimmungen über das Fürsichsein der Ideen die Gespräche, welche Jackson für die späteren hält, von den seiner Meinung nach früheren sich in Wahrheit nicht unterscheiden, so gilt das gleiche auch von ihren Aussagen über das Verhältniss der Ideen zu den Dingen, die unter ihnen befasst sind. Hören wir Jackson (X, 284. XI, 292 f. 296 f. XIII, 3. XIII, 267 u. ö.), so hätte Plato erst in den Gesprächen, deren Reihe der Theätet eröffne, dieses Verhältniss auf das des Urbilds zum Abbild zurückgeführt, während er es bis dahin, und so namentlich im Phädo und der Republik, als das der μέθεξις, der Immanenz der Ideen in den Dingen, gefasst hätte. Diese letztere Behauptung verträgt sich nun freilich schlecht mit der anderen, ohne jeden Quellenbeleg vorgetragenen (XIV, 202), dass die Ideen dem Phädo zufolge nicht (wie im Sophisten) mittheilbar seien, dass diese ἀκοινωνησία aus ihrer (später doch auch nicht aufgegebenen) Unveränderlichkeit (man sieht nicht wie und warum) folge, und sie gerade auf Plato's früherem Standpunkt eines von den bezeichnendsten Merkmalen der Idee sei; denn wenn die Ideen mit einander nicht in Verbindung treten und an einander nicht theilnehmen könnten, wäre eine Verbindung der Ideen mit den sinnlichen Dingen und eine Theilnahme dieser Dinge an den Ideen noch viel undenkbarer. Allein auch abgesehen davon widerstreitet Jackson's Theorie dem exegetischen Augenschein durchaus. Die Vorbildlichkeit der Ideen und die Theilnahme der Dinge an den Ideen stehen in allen platonischen Schriften, so weit sie überhaupt diese Frage berühren,[1] neben einander, und zwischen denen, welche Jackson für früher, und denen, die er für später hält, findet in dieser Beziehung kein Unterschied statt. Der Phädo führt 100 C ff. aus, dass jedes Einzelwesen die Eigenschaften, die es besitzt, nur seiner Theilnahme an der Idee zu verdanken habe; aber derselbe hat vorher schon (74 A ff. 76 D) ausgeführt, dass wir von den sinnlichen Dingen auf dem Wege der Wiedererinnerung zu den Ideen geführt werden, die wir in einem früheren Dasein kennen gelernt haben, und denen wir die sinnlichen

---

[1] Und ebenso bei Aristoteles; vergl. Metaph. I, 9. 991 a 20 (XIII, 5. 1079 b 24): τὸ δὲ λέγειν παραδείγματα αὐτὰ εἶναι καὶ μετέχειν αὐτῶν τἆλλα κενολογεῖν ἐστι u. s. w.

Dinge ähnlich finden; wie ja das gleiche, nur ohne die Ideen ausdrücklich zu nennen, schon der Meno (81 A — 86 B) gethan hatte,
auf welchen der Phädo (72 E f.) mit unverkennbarer Deutlichkeit
zurückweist. Sind aber die Ideen früher als die Dinge, und die
Dinge den Ideen zwar ähnlich, aber doch (Phädo 74 D) weit hinter
ihnen zurückbleibend, so ist das Verhältniss beider das des Urbilds
zum Abbild. Und als die Abbilder und Nachahmungen der Ideen
werden die sichtbaren Dinge, aus Anlass der Lehre von der ἀνάμνησις,
auch im Phädrus (250 A. 251 A) dargestellt, den Jackson doch wohl
schwerlich für jünger halten wird, als die Republik und den Phädo.
Ebensowenig kann daran gedacht werden, dass Plato, als er die
Republik verfasste, die Ideen als Urbilder noch fremd gewesen sein
sollten; denn er nennt die Philosophen, welche das in der übersinnlichen Welt geschaute in's Staatsleben zu übertragen berufen sind
(VI, 500 E), ausdrücklich οἱ τῷ θείῳ παραδείγματι χρώμενοι ζωγράφοι,
und schildert ihre Thätigkeit 501 B als die von Künstlern, die nach
den Ideen des Gerechten u. s. f. hinblickend das Menschliche dem
Göttlichen ähnlich machen; und am Schluss des neunten Buchs (vergl.
V, 472 E) sagt er, wenn auch sein Staat auf der Erde sich nicht
finde: ἀλλ' ἐν οὐρανῷ ἴσως παράδειγμα ἀνάκειται u. s. w. Auch X, 617 D.
618 A. III, 409 C f. nennt die Republik ebenso, wie der Theätet
176 E, παραδείγματα βίων; III, 602 C f. redet sie von den εἴδη der
σωφροσύνη u. s. f. und ihren Abbildern; V, 472 C bezeichnet sie die
αὐτο- δικαιοσύνη als das παράδειγμα, an dem jeder den Werth seines
eigenen Verhaltens zu messen habe; VI, 484 C fragt sie, ob die
nicht blind seien, welche unbekannt mit dem wahrhaft Wirklichen,
und ohne ein deutliches Urbild (παράδειγμα) in der Seele es auch auf
die menschlichen Gesetze zu übertragen nicht im Stande seien. Und
damit man nicht glaube, nur die ethischen Ideen haben diesen para-
digmatischen Charakter, werden VI, 510 E die Figuren, an denen
die Mathematiker ihre Sätze beweisen, für εἰκόνες des τετράγωνον αὐτὸ
und der διάμετρος αὐτὴ u. s. f. erklärt; X, 596 f. wird die Idee der
κλίνη (die κλίνη ὄντως οὖσα, αὐτὴ ἐκείνη ὃ ἔστι κλίνη) und die Idee des
Tisches von dem Tischler nachgebildet; im Kratylus, den Jackson zu
den früheren Gesprächen rechnen müsste, da er die Idee eines Kunst-
produkts, der κερκὶς (Weberschiff) kennt, ist es (389 A—C) eben diese,
der jede einzelne κερκὶς nachgebildet wird; und in dem Bilde von den
Gefangenen in der Höhle Rep. VII, 514 f. verhalten sich (vergl. z. B.
517 D) die sinnlichen Dinge zu ihren Ideen wie in der Erscheinungswelt die Schatten zu den Dingen, das Abbild zum Urbild. Die ver-
meintlich früheren Schriften kennen daher die Urbildlichkeit der Ideen
so gut wie die angeblich späteren.

Andererseits lässt sich aber diesen kein Beweis dafür entnehmen, dass Plato, als er sie verfasste, die Theilnahme der Dinge an den Ideen aufgegeben hatte. Von den fünf Gesprächen, in denen Jackson die spätere Form der Ideenlehre nachzuweisen sucht, berührt der Philebus das Verhältniss der Dinge zu den Ideen weder unter der Bestimmung der μίμσις, noch unter derjenigen der μέθεξις. Im Theätet findet sich, abgesehen von der gelegentlichen Erwähnung der παραδείγματα βίων 176 E, nichts, was jenes Verhältniss beträfe; man kann daher aus ihm über die Ansicht seines Verfassers von der μέθεξις nichts schliessen. Ebensowenig wie der Theätet, macht der Sophist das Verhältniss der Dinge zu den Ideen zum Gegenstand einer ausdrücklichen Erörterung; es könnte somit nicht auffallen, wenn er von der Theilnahme der Dinge an den Ideen ebensowenig spräche, als er von der Urbildlichkeit der Ideen spricht. Indessen verhält es sich thatsächlich doch nicht so. In der wichtigen, zunächst gegen Antisthenes gerichteten, Untersuchung über die Möglichkeit der Begriffsverknüpfung[1] (251 A — 259 E) wird jede reale Verbindung eines Prädicats mit einem Subject als Theilnahme des Subjects an der durch den Prädicatsbegriff bezeichneten Idee[2] betrachtet. Diess muss natürlich von den Dingen, denen ein Prädicat beigelegt wird, ebenso gelten, wie von den Begriffen, die von einander praedicirt werden: wenn der Mensch-an-sich desshalb ein lebendes Wesen genannt wird, weil er an der Idee des Lebens theilnimmt, wird auch jeder einzelne Mensch aus demselben Grunde so genannt werden. Sagt daher Plato auch nur von den εἴδη und γένη, mit denen er sich hier allein beschäftigt, ausdrücklich, dass jedes von ihnen von den anderen verschieden sei διὰ τὸ μετέχειν τῆς ἰδέας τῆς θατέρου, und jedes mit sich identisch διὰ τὴν μέθεξιν ταὐτοῦ (255 E — 256 B), jedes ein οὐκ ὄν wegen des ἕτερον, und jedes ein ὄν, ὅτι μετέχει τοῦ ὄντος, so ist doch die Auffassung des Verhältnisses von Subjekt und Prädicat, Ding und Eigenschaft, grundsätzlich hier genau die gleiche, wie z. B. in der bekannten Stelle des Phädo, 100 C ff., in der Sokrates ausführt, dass etwas nur darum schön sei, weil es an der Idee der Schönheit theilhat, 1 + 1 nur desshalb = 2, weil das, was vorher an der Einheit theilnahm, jetzt an der Zweiheit theilnimmt u. s. w. Während also

---

[1] Für diese Verknüpfung bedient sich Plato der verschiedensten, aber wesentlich gleichbedeutenden Ausdrücke: κοινωνία, κοινωνεῖν, προσκοινωνεῖν, ἐπικοινωνεῖν (251 E. 252 B. 253 E. 254 B. C. 256 B. 257 A. 252 A. 251 D. 252 D), μίγνυσθαι, ξύμμιξις u. dergl. (252 B. 253 B. C. 254 D. E. 256 B), συμφωνεῖν (253 B), δέχεσθαι (ebendas.).

[2] Μετέχειν, μέθεξις (251 E. 255 B. D. E. 256 A — E. 259 A); μεταλαμβάνειν, (251 D. 256 B); 252 B: οἱ μηδὲν ἐῶντες κοινωνίᾳ παθήματος ἑτέρου (wegen seiner Theilnahme an der Eigenschaft eines anderen; wie Campbell z. d. St. nach 245 A richtig erklärt) θάτερον προσαγορεύειν.

der Sophist der Vorbildlichkeit der Ideen nicht erwähnt, trägt er die Lehre von der μέθεξις mit aller Bestimmtheit vor. — Anders verhält es sich allerdings mit dem Timäus. Die Form, in welche dieses Gespräch die platonische Kosmologie gekleidet hat, bringt es mit sich, dass die Ideen in demselben (28 A ff. 37 C. 39 E. 48 E) als die Muster dargestellt werden, auf welche Gott hinblickt, um ihnen die Welt nachzubilden. Aber dass Plato, als er es schrieb, die Lehre von der Theilnahme der Dinge an ihnen aufgegeben hatte, kann man daraus so wenig schliessen, als man aus dem Fehlen der idealen Vorbilder im Sophisten schliessen kann, er habe von diesen zur Zeit seiner Abfassung noch nichts gewusst. Denn diese beiden Darstellungsweisen schliessen sich auf Plato's Standpunkt, wie bemerkt, nicht aus, sondern sie ergänzen einander und stehen desshalb in denselben Schriften friedlich beisammen: die Dinge werden gerade dadurch zu Abbildern der Ideen, dass diese sich an sie mittheilen und ihnen die Eigenschaften zubringen, in denen beide mit einander übereinkommen. Nicht anders denkt es sich auch der Timäus. Denn seine sogenannte Materie, oder wie Plato selbst diese Grundlage der Erscheinungswelt nennt: der Raum ist (nach S. 48 E — 52 D) das, was die Formen in sich aufnimmt und dadurch des Übersinnlichen theilhaftig wird (μεταλαμβάνον ἀπορώτατά πη τοῦ νοητοῦ). Wir haben also auch hier eine μέθεξις: die χώρα ist das Dieses (τόδε καὶ τοῦτο 49 E. 50 A), das Substrat, welches zu bestimmten Körpern (ὁποιονοῦν τι) wird, indem gewisse Formen in dasselbe eintreten (ἐγγίνεσθαι, εἰσιέναι 49 E. 50 C). Diese Formen werden nun hier freilich als Abbilder der Ideen (τῶν ἀεὶ ὄντων μιμήματα oder ἀφομοιώματα 50 C. 51 A) bezeichnet; und so sind es ja auch in der Construction der Elemente 53 C ff. nicht die (51 B f. erwähnten) Ideen derselben, sondern die geometrischen Formen ihrer kleinsten Theile, durch deren Übertragung die χώρα zu bestimmten elementarischen Körpern gestaltet wird. Man kann insofern in dieser Darstellung eine Vorbereitung der von Aristoteles bezeugten Annahme sehen, dass das Mathematische zwischen dem Sinnlichen und den Ideen in der Mitte stehe; wie diess ja auch schon von dem gilt, was die Republik[1] über die Aufgabe der Mathematik sagt, von der Sinnenwelt zu den Ideen überzuleiten. Aber so wenig die Mittelstellung des »Mathematischen« bei Aristoteles der Theilnahme der Dinge an den Ideen im Wege steht, ebensowenig ist diess im Timäus der Fall: wenn es auch nur die Abbilder der Ideen sind, die sich mit der χώρα verbinden, so erhalten dadurch doch die Dinge einen Theil der in ihren Ideen zusammengefassten Eigenschaften: die μέθεξις wird durch ihr Dazwischentreten

---

[1] VI, 510 B ff. VII, 523 A ff. vergl. Phil. d. Gr. II a, 533 f.

nicht aufgehoben, sondern vermittelt. — Wenden wir uns schliesslich zum Parmenides, so trägt im ersten Theil dieses Gesprächs der jugendliche Sokrates zuerst (128 E ff. 130 B. E) die Lehre von der Theilnahme der Dinge an den Ideen als seine Ansicht vor. Von Parmenides auf die Schwierigkeiten dieser Annahme aufmerksam gemacht, spricht er 132 B die Vermuthung aus, dass die Ideen nur subjektive Gedanken seien. Als auch diese Vorstellung sich nach kurzer Erörterung unhaltbar gezeigt hat, kommt er auf die Annahme (132 D): τὰ μὲν εἴδη ταῦτα ὥσπερ παραδείγματα ἑστάναι, τὰ δὲ ἄλλα τούτοις ἐοικέναι καὶ εἶναι ὁμοιώματα· καὶ ἡ μέθεξις αὕτη τοῖς ἄλλοις γίγνεσθαι τῶν εἰδῶν οὐκ ἄλλη τις ἢ εἰκασθῆναι αὐτοῖς. Auch diese Bestimmung wird aber sofort durch eine Folgerung, welche der Sache nach mit der des sogenannten τρίτος ἄνθρωπος zusammenfällt, ad absurdum geführt; schliesslich jedoch wird trotz dieser und anderer Einwendungen gegen die Annahme für sich bestehender Ideen 135 B erklärt, dass man sie nicht aufgeben könne, ohne auf jede Möglichkeit wissenschaftlicher Untersuchung zu verzichten. Damit wird nun die Urbildlichkeit der Ideen mit der Theilnahme der Dinge an den Ideen ganz gleich behandelt: gegen jede von beiden Annahmen werden Schwierigkeiten erhoben, die zunächst keine Lösung finden; es wird trotzdem an der Ideenlehre festgehalten, aber es wird (135 A) eingeräumt, dass es nicht leicht sei, sie wissenschaftlich sicherzustellen. Als eine Vorbereitung dafür wird jene hypothetische Begriffsentwickelung empfohlen, von welcher der zweite Theil des Gesprächs in den Erörterungen über das Sein oder Nichtsein des Eins eine ausführliche Probe gibt. Aber es wird von keiner der aufgeworfenen Schwierigkeiten gezeigt, wie sie sich auf diesem Weg lösen lasse, und die Urbildlichkeit der Ideen hat in dieser Beziehung vor der Lehre von der μέθεξις nichts voraus. Wenn JACKSON (XI, 292) trotzdem glaubt, Parmenides bestreite nicht den urbildlichen Charakter der Ideen, sondern nur die Voraussetzung, dass ihr Verhältniss zu den Einzeldingen auf Ähnlichkeit beruhe, unsere Stelle gebe daher in Wahrheit der neuen Theorie von der Urbildlichkeit der Ideen vor der älteren von der μέθεξις den Vorzug, so ist mir diess unverständlich. Worin besteht denn überhaupt das Verhältniss des Abbilds zum Urbild, als in seiner Ähnlichkeit mit jenem? Und ebenso ungerechtfertigt ist es, wenn JACKSON (XI, 292. 297. X, 282 f.) aus unserer Stelle und Phileb. 25 C ff. herausliest, dass die Ideen unveränderliche natürliche Typen (*natural types, certain fixed types*) seien, welche in den Einzeldingen sich fortwährend gleichmässig wiederholen. In der Stelle des Philebus ist weder von den Ideen noch von natürlichen Typen die Rede, sondern lediglich davon, dass alles Heilsame und Geordnete auf der Begrenzung des Unbegrenzten durch feste

Maasse beruhe; ein Satz, welcher sich mit der Lehre von der μέϑεξις gerade so gut verträgt, wie mit der vom παράδειγμα, welcher auch mit der Ideenlehre in Verbindung gesetzt werden könnte, welcher aber weder hier mit ihr in Verbindung gesetzt wird, noch in einem nothwendigen Zusammenhang mit ihr steht.[1] Parm. 132 D aber kann mit dem ἑστάναι ἐν τῇ φύσει, welches den παραδείγματα beigelegt wird, doch nur dasselbe gemeint sein, wie Theätet 176 E mit dem von ihnen ausgesagten ἐν τῷ ὄντι ἑστάναι: die φύσις bezeichnet nicht das, was man seit Aristoteles im engeren Sinn so zu nennen pflegt, die Gesammtheit der körperlichen Dinge und der sie bewegenden Kräfte, sondern wie in andern auf die Ideen bezüglichen Stellen (Rep. VI, 501 B. X, 597 B—E. Phädo 103 B, auch Krat. 389 D) die Wirklichkeit, im Unterschied von blossen Vorstellungen oder Erscheinungen, das ὄντως ὄν, das ὃ ἔστι (wie es Rep. X, 597, C. D erklärt wird); das ἑστάναι ἐν τῇ φύσει steht im Gegensatz zu der vorher, 132 B, aufgestellten Hypothese, dass das εἶδος ein blosses νόημα sei καὶ οὐδαμοῦ αὐτῷ προσήκῃ ἐγγίγνεσϑαι ἄλλοϑι ἢ ἐν ψυχαῖς. Von dem, was JACKSON in diesen Stellen sucht, ist nichts in ihnen zu finden. Noch viel weiter geht er aber freilich über alles, was nicht allein Plato, sondern was irgend ein griechischer Philosoph gesagt hat oder gesagt haben könnte, durch die Entdeckung (XIII, 21—27. 33. 38. XIV, 206) hinaus, dass die sinnlich wahrnehmbaren Dinge nach Plato nichts anderes seien, als Sensationen in unserem Geiste, denen wir fälschlich ein äusseres Dasein zuschreiben, weil sie gleichmässig in mehreren Seelen vorkommen; und die Ideen nichts anderes, als die, uns freilich unerkennbaren und nur hypothetisch angenommenen, ewigen Modi oder Potentialitäten des Denkens, durch deren Aktualisation in einer bestimmten Stelle des Raumes und der Zeit die Erscheinung der Einzeldinge entstehe. Einer Widerlegung bedarf diese Verquickung Plato's mit Berkeley wohl schwerlich; und auch mit ihrer Begründung hat es ihr Urheber sehr leicht genommen. Weil die Seele (nämlich die Weltseele), nach Tim. 37 A—C, vermöge ihrer Zusammensetzung aus dem ταὐτὸν, dem ϑάτερον und der οὐσία sowohl von dem, was eine οὐσία ἀμέριστος, als von dem, was eine οὐσία σκεδαστὴ hat, erkennt, mit was es identisch und von was es verschieden ist, und weil, »as appears«, Subjekt und Objekt der Sensation identisch sind, befindet sich auch das Object derselben nur in der Seele (XIII, 21). Da hiebei gerade die Hauptsache, die Identität des Subjekts und des Objekts der Sensation, ohne jeden Versuch eines Beweises vorausgesetzt wird,

---

[1] Ähnliches findet sich ja schon bei den Pythagoreern und Heraklit; vergl. Phil. d. Gr. I, 328. 602 f.

so hängt diese ganze Begründung in der Luft, und da diese »Identität des Subjekts und Objekts« nur unter der Voraussetzung möglich ist, dass das vermeintliche Objekt eine blosse Erscheinung im Subjekt sei, bewegt sie sich in einem handgreiflichen Zirkel.

Eine eigenthümliche Schwierigkeit erwächst für Jackson's Ansicht über Plato's Lehre vom Verhältniss der Dinge zu den Ideen aus den Angaben des Aristoteles. Er glaubt, seit der Zeit, welcher der Parmenides angehört, habe Plato die Theilnahme der Dinge an den Ideen[1], die μέθεξις, aufgegeben, und die Abbildung der Ideen in den Dingen, die μίμησις, an ihre Stelle gesetzt. Nun redet aber Aristoteles mit Bezug auf die platonischen Ideen nicht allein nie von der μίμησις und nur an einer einzigen Stelle (s. o. S. 202,1) von den παραδείγματα, während er die Beziehung der Ideen zu den Dingen in der Regel als μέθεξις bezeichnet;[2] sondern er bemerkt sogar ausdrücklich: die Pythagoreer lassen die Dinge durch μίμησις entstehen, Plato durch μέθεξις.[3] Wir müssen daher annehmen, dass Plato, als Aristoteles seine Vorträge über die Ideen hörte, ihr Verhältniss zu den Dingen mit Vorliebe durch den Begriff der μέθεξις ausdrückte. Wie wäre diess aber möglich gewesen, wenn er eben diese schon lange vorher aufgegeben und durch eine andere (wie Jackson glaubt, mit ihr unvereinbare) Auffassung ersetzt hatte? Es heisst leichten Fusses über diese Schwierigkeit wegkommen, wenn man sich mit ihr durch die Bemerkung (X, 289) abfindet: was Aristoteles a. a. O. μέθεξις nennt, sei eigentlich *(in reality)* μίμησις. Aber es handelt sich ja gar nicht blos um diese Eine Stelle, wiewohl auch sie schon zum Beweis ausreichen würde; sondern aus Aristoteles' ganzer Darstellung geht unwidersprechlich hervor, dass Plato, als er ihn hörte, die Theilnahme der Dinge an den Ideen nach wie vor lehrte, und dass sich diese (vergl. S. 202,1) seiner Meinung nach mit dem vorbildlichen Charakter der Ideen vollkommen vertrug.

Einige weitere Stützen für seine Hypothese sucht Jackson in zwei Stellen des Theätet und des Sophisten. In dem ersten von diesen Gesprächen setzt Plato (156 A ff.) eine Theorie auseinander,

---

[1] Oder wenigstens (fügt er XIV, 228 bei) an den Ideen, welche αὐτὰ καθ' αὐτὰ sind, wogegen die, welche diess nicht sind, zu den Einzeldingen in das Verhältniss der μέθεξις sollen treten können. Da aber diese Unterscheidung schon S. 201 widerlegt ist, und auch Aristoteles nichts von ihr weiss, sondern vielmehr von der μέθεξις an den Ideen ganz allgemein spricht, kann hier von ihr abgesehen werden.

[2] Die Belege gibt Bonitz' *Index arist.* unter μέθεξις und μετέχειν.

[3] Metaph. I, 6. 987 b 9: Plato lasse die Dinge nach den Ideen genannt werden, κατὰ μέθεξιν γὰρ εἶναι τὰ πολλὰ τῶν συνωνύμων τοῖς εἴδεσιν. τὴν δὲ μέθεξιν τοὔνομα μόνον μετέβαλεν. οἱ μὲν γὰρ Πυθαγόρειοι μιμήσει τὰ ὄντα φασὶν εἶναι τῶν ἀριθμῶν Πλάτων δὲ μεθέξει.

nach der »alles Bewegung ist und sonst nichts«, und alle Eigen-schaften der Dinge nur Erscheinungen sind, welche sich aus dem Zusammentreffen entgegengesetzter Bewegungen, der des Wahr-genommenen und der des Wahrnehmenden, erzeugen. Jackson (XIII, 256. 268 f. XIV, 204 f.) sieht nun in dieser Theorie Plato's eigene Ansicht, und schliesst unter dieser Voraussetzung: da jene Theorie mit dem Standpunkt des Phädo und der Republik sich nicht vertrage, so müsse Plato diesen Standpunkt inzwischen verlassen haben. Allein Plato sagt ja so deutlich, wie möglich, dass es nicht seine eigene Ansicht ist, von der er hier redet, sondern die Behauptung, die ἐπιστήμη sei αἴσθησις, und insbesondere die Erkenntnisstheorie des Protagoras;[1] mag er diese auch vielleicht im einzelnen stilisirt und in seine eigenen Ausdrücke und Begriffe übersetzt haben. Diess ist auch bisher meines Wissens von keiner Seite bezweifelt worden, und auch Jackson würde es schwerlich bezweifelt haben, wenn ihn nicht in diesem, wie in dem S. 207 besprochenen Fall, der Wunsch, seinen eigenen Phänomenalismus auch bei Plato zu finden, das, was vor Augen liegt, hätte übersehen lassen. — Weit mehr lässt sich immerhin dafür geltend machen, dass mit den im Sophisten (246 A. 248 A — 249 D) geschilderten und bestrittenen Philosophen, welche eine Mehrheit un-bewegter εἴδη annehmen, Plato selbst in einem früheren Stadium seiner wissenschaftlichen Entwicklung gemeint sei; und so ist diess denn auch nicht blos von solchen angenommen worden, welche mittelst dieser Annahme die Ächtheit des Sophisten bestreiten, sondern auch unter denen, welche die letztere zugeben, hat diese Deutung der Stelle mehr als einen Vertheidiger gefunden.[2] Ich meinerseits kann indessen auch nach wiederholter Prüfung nur bei der Ansicht beharren, die ich nach Schleiermachers Vorgang schon längst vertreten[3] und für die sich auch viele andere vor und nach mir erklärt haben,[4] dass nämlich die Schilderung der εἰδῶν φίλοι im Sophisten auf Euklides gehe, dessen Lehre damals noch nicht bis zu ihrer letzten Consequenz, der eleatischen Einheit alles Seins, fortgegangen war. Diess näher auszuführen, ist nun hier nicht der Ort. Dass sich aber die Stelle nicht auf Plato selbst beziehen lässt, dafür habe ich auch schon

---

[1] Vergl. 152 E. 158 E. 161 C. 162 E. 165 E. 179 D. 183 A und den ganzen Zusammen-hang dieses Abschnitts, über den Bonitz Plat. Stud. 66 ff.

[2] Den von mir Phil. d. Gr. IIa, 216 3. Aufl. genannten sind ausser Jackson (XIV, 197—202) auch Hirzel (Hermes VIII, 128) und Dittenberger (ebenda XVI, 343) beizufügen, welche sämmtlich (mit Grote) annehmen, dass Plato a. a. O. seine eigenen früheren Ansichten bestreite.

[3] Phil. d. Gr. IIa, 214 ff.

[4] So ausser den a. a. O. namhaft gemachten Bonitz Plat. Stud. 192.

früher[1] zwei Gründe geltend gemacht, die mir noch immer nicht widerlegt zu sein scheinen. Für's erste nämlich kann ich nicht glauben, dass Plato, wenn er auch an seiner eigenen früheren Lehre etwas zu verbessern fand, über dieselbe so ironisch gesprochen hätte, wie er Soph. 246 A f. über die εἰδῶν φίλοι spricht, wenn er von ihnen sagt: es finde zwischen ihnen und den Materialisten eine Art von Gigantomachie statt, wobei sie μάλα εὐλα βῶς ἄνωθεν ἐξ ἀοράτου ποθὲν ἀμύνονται u. s. w. Das gleiche müsste ja auch von seiner späteren Lehre gelten, denn an der Überzeugung, dass die ἀσώματα εἴδη die ἀληθινὴ οὐσία, die körperlichen Dinge keine οὐσία, sondern eine γένεσις φερομένη seien, hat er sein Lebenlang festgehalten. Ebendesshalb wird man aber die Ironie, mit der diese Ansicht behandelt wird, überhaupt nicht auf den Inhalt derselben zu beziehen haben, sondern auf die Art, wie sie von ihren Anhängern verfochten wurde, und die Beschreibung, welche unsere Stelle von dieser gibt, passt auf die megarische Dialektik vollkommen, während es andererseits doch recht seltsam wäre, wenn Plato hier andeuten wollte, dass er selbst in seinem Streit gegen Antisthenes und andere Materialisten eine etwas komische Rolle gespielt habe. Wichtiger aber ist allerdings, dass auch von der Lehre der hier erwähnten »Ideenfreunde« etwas ausgesagt wird, was auf Plato schlechterdings nicht passt, wenn S. 248 C steht: λέγουσιν ὅτι γενέσει μὲν πρόσεστι τοῦ πάσχειν καὶ ποιεῖν δυνάμεως, πρὸς δὲ οὐσίαν τούτων οὐδετέρου τὴν δύναμιν ἁρμόττειν φασίν. Wo hat denn Plato jemals behauptet, dass die Kraft zu wirken nur dem Werdenden, nicht dem Seienden, zukomme? Erklärt er nicht vielmehr umgekehrt (um mich auf die Gespräche zu beschränken, deren Ideenlehre nach Jackson im Sophisten berichtigt werden soll) im Phädo die Ideen für die Ursachen, von denen das Sein und Entstehen der Dinge allein herrühre, und in der Republik die Idee des Guten für die letzte Ursache von allem? (Vergl. S. 212.) Es ist keine Antwort auf diese Frage, wenn Jackson[2] sagt: den εἰδῶν φίλοι werde ja Soph. 248 C Inconsequenz *(inconsistency)* vorgeworfen (was übrigens hier gar nicht geschieht), und die Stelle des Phädo beweise, dass dieser Vorwurf begründet sei. Sie würde diess beweisen, wenn festgestellt wäre, dass mit den εἰδῶν φίλοι Plato selbst auf seinem früheren Standpunkt gemeint sei; da 'aber eben diess in Frage steht, so ist es die reine petitio principii, es als selbstverständlich vorauszusetzen. Der wirkliche Sachverhalt ist vielmehr der, dass hier von den εἰδῶν φίλοι etwas ausgesagt wird, was Plato unmöglich von sich

---

[1] Phil. d. Gr. IIa, 216.

[2] A. a. O. XIV, 202, 1. Dittenberger a. a. O. ist auf meine Einwendungen nicht eingegangen.

selbst ausgesagt haben kann; und daraus lässt sich nichts anderes als das schliessen, dass wir eben bei jenen »Ideenfreunden« nicht an Plato zu denken haben, und somit die Stelle, die von ihnen handelt, nicht zum Beweis für die Annahme benutzt werden kann, Plato wolle im Sophisten die erste Gestalt seiner Ideenlehre verbessern.

Gerade im Sophisten tritt uns vielmehr eine Darstellung der Ideenlehre entgegen, welche von der aristotelischen unverkennbar weiter abliegt, als die der meisten anderen Schriften[1]. Wenn man nämlich Plato's Bestimmungen über die Ideen genauer untersucht, so zeigt sich, dass sich in denselben zwei Auffassungen kreuzen, welche wir in der Kürze als die ontologische und die ätiologische bezeichnen können. Die Ideenlehre entsprang an erster Stelle aus dem Bedürfniss, im Gegensatz zu den sinnlichen Erscheinungen, die uns in ihrem unablässigen Wechsel kein wahres Sein zeigen und sich desshalb jeder festen Bestimmung und wissenschaftlichen Erkenntniss entziehen, etwas unveränderliches, jenem Wechsel nicht unterworfenes, zu suchen; und dieses findet nun Plato in dem Allgemeinen, als dem Gegenstand des begrifflichen Denkens, den Gattungen oder Ideen; denn die in einer Begriffsbestimmung zusammengefassten Merkmale und ihr Verhältniss werden von der Veränderung und der Unvollkommenheit der Dinge nicht berührt, an denen sie, bald mehr bald weniger rein und vollständig, vorkommen. Die Ideen sind daher das unveränderliche Wesen der Dinge, welche unter ihnen befasst sind, das ursprünglich Wirkliche, von dem alle jene Dinge zu Lehen tragen, was sie von Wirklichkeit besitzen; denn jedes Ding ist das, was es ist, nur dadurch, dass ihm die in seinem Begriff zusammengefassten Eigenschaften zukommen, oder wie sich diess Plato darstellt, dadurch, dass es an der jenem Begriff entsprechenden Idee theilnimmt. Und da nun jedes um so vollkommener ist, je reiner und vollständiger sein Wesen und sein Begriff sich in ihm darstellt, lassen sich die Ideen auch als die Urbilder der Dinge, die Dinge als die Abbilder der Ideen bezeichnen. Diese ontologische, von der Frage nach dem Unveränderlichen und Wesenhaften in den Dingen ausgehende Fassung der Ideenlehre beherrscht im ganzen genommen die platonische Darstellung dieser Lehre. Aber neben ihr macht sich noch ein zweiter Gesichtspunkt geltend, welchem der Philosoph sich nicht zu entziehen, den er aber allerdings mit dem ursprünglicheren und für ihn entscheidenderen ontologischen nicht in eine widerspruchslose Verbindung zu bringen vermochte. Wenn die Dinge das, was sie sind, nur durch die Gegenwart der

---

[1] Wie ich diess schon Phil. d. Gr. II a, 580 ff. bemerkt habe.

Ideen sind, an denen sie theilhaben,[1] so sind diese die Ursache, aus welcher das Dasein und die Eigenschaften der Dinge als ihre Wirkung hervorgehen; sie dürfen mithin nicht blos als ruhende, in ihrem Sein unveränderlich beharrende Formen oder Substanzen, sondern sie müssen zugleich als wirkende Kräfte gedacht werden. Diese Ursächlichkeit der Ideen hat nun Plato auch wiederholt anerkannt. Im Phädo (100 B) nennt er die Ideen τῆς αἰτίας τὸ εἶδος ὃ πεπραγμάτευμαι, indem er von keiner anderen Ursache etwas wissen will, und er bezieht diess ausdrücklich auch auf die Entstehung der Dinge, wenn er sagt (101 C): jedes werde, was es ist, nur dadurch, dass es an dem eigenthümlichen Wesen einer bestimmten Idee theilnehme; er behauptet, wie ARISTOTELES[2] sich ausdrückt, ὡς καὶ τοῦ εἶναι καὶ τοῦ γίγνεσθαι αἴτια τὰ εἴδη ἐστίν. Unter dem Begriff der αἰτία wird auch im Philebus 23 C ff. das höchste Sein zusammengefasst, zu dem neben dem νοῦς die Ideen mitgehören müssten;[3] und in der berühmten Stelle der Republik VI, 508 E f. wird die höchste von den Ideen, die des Guten, als die Ursache beschrieben, der unsere Vernunft die Fähigkeit zu erkennen, und das von ihr Erkannte sein Wesen und Sein zu verdanken hat. Aber in keinem anderen Gespräch wird dieser Gesichtspunkt bei der Betrachtung der Ideen so weit verfolgt, wie im Sophisten. Hier hält Plato (247 D ff.) den (S. 209 besprochenen) εἰδῶν φίλοι entgegen: das Sein sei nichts anderes als die δύναμις, das Vermögen zu wirken und zu leiden; das παντελῶς ὂν könne man sich nicht ohne Bewegung und Leben, Seele und Einsicht, als ein σεμνὸν καὶ ἅγιον, νοῦν οὐκ ἔχον, ἀκίνητον ἑστὸς denken; und da nun das παντελῶς ὂν dasselbe ist wie das ὄντως ὂν, und die ὄντως ὄντα, seinen sonstigen Erklärungen zufolge, nichts anderes sind als die Ideen, so muss er diesen Leben, Seele, Vernunft und Bewegung beilegen. Es geschieht diess aber allerdings nur hier mit dieser Bestimmtheit; aus seinen sonstigen Darstellungen erhellt wohl, dass er die zweckmässige Einrichtung der Welt von der Theilnahme der Dinge an den Ideen herleitet, dass sie ihm ein Werk der Vernunft ist, weil sie den Ideen nachgebildet ist, dass ihm die Idee des Guten mit der weltschöpferischen Vernunft zusammenfällt,[4] aber den Ideen überhaupt alle die Eigenschaften zuzuschreiben, ohne die sich der Sophist das παντελῶς ὂν nicht zu denken weiss, hat

---

[1] Phädo 100 D: οὐκ ἄλλο τι αὐτὸ (den schönen Gegenstand) ποιεῖ καλὸν ἢ ἡ ἐκείνου τοῦ καλοῦ εἴτε παρουσία εἴτε κοινωνία εἴτε [add. μετοχὴ] ὅπη δὴ καὶ ὅπως προσγενομένη u. a., vergl. Phil. d. Gr. IIa, 641.

[2] Metaph. I, 9. 991b 3. (XIII, 5. 1080a 2); ähnlich, etwas ausführlicher, gen. et corr. II, 9. 335b 9.

[3] Wie Phil. d. Gr. IIa 577 ff. gezeigt ist; auf die seitdem von verschiedenen Seiten erhobenen Einwürfe kann ich hier nicht eingehen.

[4] Vergl. Phil. d. Gr. IIa, 576 f. 642 ff. 591 ff.

er in keiner anderen von seinen Schriften gewagt. Noch ferner liegt jedoch dieser Gedanke derjenigen Form der Ideenlehre, welche uns aus Aristoteles bekannt ist. In seiner Darstellung fehlt nicht allein jede Spur davon, dass sein Lehrer den Ideen Bewegung, Leben, Kraft und Thätigkeit irgend einer Art zugeschrieben hätte, sondern er erklärt auch ausdrücklich, derselbe kenne neben der materialen Ursache nur die formale, in der er aber zugleich den Grund des Guten suche,[1] die Ideen werden nicht als bewegende Ursache, sondern nur als Wesensgrund betrachtet;[2] und in seiner Kritik der Ideenlehre wird derselben keine Einwendung öfter und nachdrücklicher entgegengehalten, als die, dass es den Ideen an dem bewegenden Princip fehle, dass nichts in ihnen liege, woraus sich die Entstehung und Veränderung der Dinge erklären liesse.[3] Die Aussagen des Sophisten über die Ideen liegen daher von denen des Aristoteles weiter ab, als die aller anderen Gespräche. Dieser Sachverhalt steht der Annahme entschieden entgegen, dass der Sophist einer Zeit angehöre, in der sich bei seinem Verfasser der Übergang zu der späteren, uns nur aus Aristoteles bekannten Fassung der Ideenlehre vorbereitete; er lässt uns vielmehr in der Darstellung dieses Gesprächs einen später aufgegebenen Versuch erkennen, die Ursächlichkeit der Ideen mit ihrer Thätigkeit und Beseeltheit zu begründen. Dieser Versuch war dem Philosophen allerdings durch die doppelte Erwägung nahe gelegt, dass das höchste Sein nicht ohne Vernunft, die letzte Ursache nicht ohne Wirksamkeit, und daher auch nicht ohne Bewegung gedacht werden könne. Allein es war doch so schwer, oder vielmehr so unmöglich, sich die Gattungen der Dinge zugleich (nach Soph. 249 A) als lebendige, beseelte und vernünftige Wesen zu denken, und die Bewegung, die ihnen als solchen zukam, mit ihrer Unveränderlichkeit zu vereinigen, dass wir es vollkommen begreifen, wenn der Philosoph diesen undurchführbaren Versuch nicht weiter verfolgte: wenn er im Phädo bald (97 B ff.) den νοῦς, bald (100 B ff.) die Ideen als die Ursache der Dinge darstellt, aber diese beiden Darstellungen nicht mit einander

---

[1] Metaph. I, 6. 988a 8: φανερὸν δ' ἐκ τῶν εἰρημένων ὅτι δυοῖν αἰτίαν μόνον κέχρηται, τῇ τε τοῦ τί ἐστι καὶ τῇ κατὰ τὴν ὕλην (τὰ γὰρ εἴδη τοῦ τί ἐστιν αἴτια τοῖς ἄλλοις, τοῖς δ' εἴδεσι τὸ ἕν)... ἔτι δὲ τὴν τοῦ εὖ καὶ κακῶς αἰτίαν τοῖς στοιχείοις ἀπέδωκεν ἑκατέροις ἑκατέραν.

[2] Ebend. c. 7. 988b 1: οὔτε γὰρ ὡς ὕλην τοῖς αἰσθητοῖς τὰ εἴδη καὶ τὸ ἓν τοῖς εἴδεσιν, οὐδ' ὡς ἐντεῦθεν τὴν ἀρχὴν τῆς κινήσεως γιγνομένην ὑπολαμβάνουσιν (ἀκινησίας γὰρ αἴτια μᾶλλον καὶ τοῦ ἐν ἠρεμίᾳ εἶναί φασιν) u. s. w.

[3] Ebend. c. 9. 991a 8: πάντων δὲ μάλιστα διαπορήσειεν ἄν τις, τί ποτε συμβάλλεται τὰ εἴδη τοῖς ἀϊδίοις τῶν αἰσθητῶν ἢ τοῖς γιγνομένοις καὶ φθειρομένοις. οὔτε γὰρ κινήσεως οὔτε μεταβολῆς οὐδεμιᾶς ἐστιν αἴτια αὐτοῖς. Viele weitere Belege habe ich Phil. d. Gr. IIb, 296, 4 beigebracht.

verknüpft; im Philebus (26 E ff. 28 D ff.) die αἰτία zwar als wirkendes, beseeltes und vernünftiges Princip, also mit den gleichen Praedicaten, wie im Sophisten das παντελῶς ὄν, bezeichnet, aber der Ideen in diesem Zusammenhang nicht erwähnt; in der Republik (VI, 508 E f.) die Idee des Guten für die höchste Ursache erklärt, aber diejenigen Praedicate, welche strenggenommen nur für eine Persönlichkeit passen würden, ihr nicht beilegt, sie weder νοῦς noch θεός nennt; wenn er im Timäus (27 D — 29 A. 30 C — 31 B u. ö.) die Ideen als die unveränderlichen Urbilder schildert, und ihnen die wirkende Ursache als die Gottheit oder den Weltbildner, freilich in mythischer Einkleidung, zur Seite stellt; wenn er endlich in seinen späteren Vorträgen über die Ideen, soweit wir nach den aristotelischen Berichten darüber urtheilen können, der bewegenden Ursache gar nicht oder nur flüchtig erwähnte.[1] Diess alles erklärt sich auf's beste, wenn der Sophist zu Plato's früheren Schriften gehörte; es wird unverständlich, wenn man ihn zwischen die Republik und die Vorträge einschiebt, aus denen Aristoteles seine Kenntniss der platonischen Metaphysik an erster Stelle geschöpft hat.

Neben diesen aus dem Inhalt des Sophisten entnommenen Gründen verbietet uns aber auch die Verbindung, in welche ihn Plato selbst mit dem Theätet setzt, ihn weit über das Jahr 390 v. Chr. herabzurücken. Ich habe schon in einer früheren Abhandlung[2] gezeigt, dass der Theätet zwischen 392 und 390, am wahrscheinlichsten 391, an's Licht getreten sein muss; und ich will den dort beigebrachten Beweisen für diese Annahme hier noch einen weiteren beifügen. Um dem Theätet zu sagen, dass ein gewandter Gegner manches gegen ihn einwenden könnte, bedient sich Sokrates 165 D der Worte: er würde durch alles das in Verlegenheit gesetzt werden, ἃ ἐλλοχῶν ἂν πελταστικὸς ἀνὴρ μισθοφόρος ἐν λόγοις ἐρόμενος... ἤλεγχεν ἂν ἐπέχων καὶ οὐκ ἀνιείς u. s. w. Diese Bezeichnung eines Dialektikers hat namentlich desshalb etwas befremdendes, weil die Vergleichung zwischen ihm und einem im Hinterhalt lauernden Peltasten gar nicht weiter ausgeführt ist, sondern der Name des letzteren unmittelbar und ohne jede Erläuterung auf den ersteren übertragen wird; und sie verliert ihr auffälliges und anscheinend gesuchtes nur durch die Annahme, dass eine Anspielung auf bestimmte, damals in Athen allgemein bekannte Vorgänge darin liege; wie denn auf solche auch der Umstand hindeutet, dass der im Hinterhalt liegende Gegner so speciell, nicht blos als Peltast, sondern auch als Söldner, geschildert wird; denn für den eigentlichen Vergleichungspunkt ist dieser Zug ohne Bedeutung, und an sich selbst

---

[1] Siehe oben S. 213. Metaph. I, 9. 991 a 22: τί γάρ ἐστι τὸ ἐργαζόμενον πρὸς τὰς ἰδέας ἀποβλέπον;

[2] Sitzungsberichte der K. Akademie. 1886. Nr. 37.

brauchten die Peltasten nicht Söldner zu sein. Solche, mit unsern Worten vollkommen übereinstimmende Vorgänge können wir nun in eben der Zeit nachweisen, in welche auch alle anderen Anzeichen den Theätet verlegen. Denn gerade im dritten und vierten Jahr des Bundesgenossenkriegs, 392 und 391 v. Chr., geschah es (nach Xenoph. Hellen. IV, 4, 14 ff. 5, 11 ff.), dass Iphikrates mit seiner aus Söldnern neu gebildeten Waffe, den Peltasten, Erfolge davon trug, welche das grösste Aufsehen und in Athen die freudigste Erregung hervorrufen mussten: dass er den Phliasiern von einem Hinterhalt aus durch plötzlichen Überfall eine schwere Niederlage beibrachte, Arkadien plündernd durchstreifte, eine Mora spartanischer Hopliten zur Hälfte aufrieb, und den Feinden verschiedene feste Plätze, die sie besetzt hatten, entriss. Unmittelbar nach diesen Vorgängen, als Iphikrates und seine Peltasten das Tagesgespräch in Athen waren, muss Plato die fraglichen Worte niedergeschrieben haben; und so liefern auch sie einen weiteren, nicht zu verachtenden Beweis dafür, dass der Theätet in dem von mir angenommenen Zeitpunkt verfasst worden ist.

An den Theätet reiht aber Plato selbst den Sophisten so unmittelbar an, dass nur zwingende Gegengründe uns das Recht geben könnten, ihn um viele Jahre tiefer herabzurücken. Jetzt, schliesst der Theätet, muss ich in die Halle des Basileus gehen; $\dot{\varepsilon}\omega\vartheta\varepsilon\nu$ $\delta\dot{\varepsilon}$, $\tilde{\omega}$ $\Theta\varepsilon\acute{o}\delta\omega\rho\varepsilon$, $\delta\varepsilon\tilde{\upsilon}\rho o$ $\pi\acute{\alpha}\lambda\iota\nu$ $\dot{\alpha}\pi\alpha\nu\tau\tilde{\omega}\mu\varepsilon\nu$. Und der Sophist beginnt mit den Worten des Theodoros: $\varkappa\alpha\tau\dot{\alpha}$ $\tau\dot{\eta}\nu$ $\chi\vartheta\dot{\varepsilon}\varsigma$ $\dot{o}\mu o\lambda o\gamma\acute{\iota}\alpha\nu$, $\tilde{\omega}$ $\Sigma\acute{\omega}\varkappa\rho\alpha\tau\varepsilon\varsigma$, $\H\varkappa o\mu\varepsilon\nu$. Darin liegt doch unbestreitbar, dass Plato schon bei der Veröffentlichung des Theätet die Absicht hatte, an denselben ein zweites Gespräch anzuknüpfen, welches gleichfalls zwischen Sokrates, Theodor und Theätet geführt werden sollte,[1] und dass der Sophist eben dieses zweite Gespräch sein will. Dass an diesem noch eine vierte Person, der eleatische Fremdling, theilnehmen und sogar die führende Rolle darin übernehmen werde, kündigt der Theätet allerdings nicht an. Es war diess jedoch auch nicht nöthig und es wäre kaum passend gewesen; sollte aber auch Plato erst nach der Vollendung des Theätet den Plan des Sophisten genauer festgestellt und sich zur Einführung des Eleaten entschlossen haben, so thäte diess doch der Thatsache keinen Eintrag, dass das am Schlusse des Theätet in Aussicht gestellte Gespräch im Sophisten vorliegt. Nun ist es ja an sich denkbar, dass der Schriftsteller nicht sofort zur Ausführung seiner dort angekündigten Absicht gekommen ist. Aber dass zwischen dem Theätet und

---

[1] Wenn daher Dittenberger (Hermes XVI, 345) fragt, warum Plato nicht auch längere Zeit nach Abfassung des Theätet auf diesen Gedanken hätte verfallen können, so ist diese Möglichkeit zwar in abstracto natürlich unbestreitbar, dass ihr aber die Wirklichkeit nicht entspricht, beweisen eben die Schlussworte des Theätet.

dem Sophisten viele Jahre und mehrere andere Werke in der Mitte liegen,[1] ist desshalb unwahrscheinlich, weil der letztere in seinem Anfang als selbstverständlich voraussetzt, dass die frühere Unterredung zwischen Sokrates und Theodoros und die Verabredung, sich des anderen Tags am gleichen Ort wieder zu treffen, den Lesern bekannt und ihrer Erinnerung gegenwärtig sei; dieses war aber eben nur dann vorauszusetzen, wenn beide Gespräche durch keinen zu langen Zwischenraum getrennt sind.

Hält man uns aber die »sprachlichen Thatsachen« entgegen, in denen durchweg der Theätet mit dem Staat, der Sophist und Politikus mit den Gesetzen übereinstimme,[2] so kann ich diese Übereinstimmung nicht einmal hinsichtlich der von Dittenberger beigebrachten Thatsachen einräumen. Die fünf Partikeln, nach deren häufigerem oder seltenerem Vorkommen in den einzelnen Dialogen Dittenberger die Reihenfolge der letzteren bestimmt, sind an die oben genannten Gespräche so ungleichmässig vertheilt, dass sich eine ganz verschiedene Ordnung derselben ergibt, je nachdem man von der einen oder der anderen ausgeht.[3] Setzt man mit Dittenberger diejenigen Gespräche als die späteren, in denen $\mu\acute{\eta}\nu$ theils allein, theils mit $\tau\acute{\iota}$, $\dot{\alpha}\lambda\lambda\dot{\alpha}$ u. s. f. verbunden verhältnissmässig häufiger vorkommt, so würde sich, wenn man von $\varkappa\alpha\grave{\iota}\ \mu\acute{\eta}\nu$ ausgeht, die Reihenfolge ergeben: Gesetze, Theätet, Republik, Sophist; von $\dot{\alpha}\lambda\lambda\dot{\alpha}\ \mu\acute{\eta}\nu$ aus: Gesetze, Theätet, Sophist, Republik; von $\tau\acute{\iota}\ \mu\acute{\eta}\nu$ aus: Republik, Gesetze, Theätet, Sophist; von $\gamma\varepsilon\ \mu\acute{\eta}\nu$ aus: Republik, Theätet, Gesetze, Sophist; von $\dot{\alpha}\lambda\lambda\dot{\alpha}\ \ldots\ \mu\acute{\eta}\nu$ aus: Gesetze, Theätet, Sophist, Republik; wenn man endlich alle Stellen zusammenzählt, in denen $\mu\acute{\eta}\nu$ überhaupt vorkommt: Theätet, Gesetze, Republik, Sophist. Diejenige Reihenfolge jedoch, in welcher diese vier Gespräche bei Dittenberger S. 326 aufgeführt sind: »Republik, Theätet, Sophist, Gesetze«, ergibt sich aus keiner von den Vergleichungen, durch die sie begründet werden soll; die Mehrzahl derselben würde uns vielmehr sogar nöthigen, die Gesetze, von

---

[1] Wie diess jetzt auch Susemihl annimmt, indem er (De Plat. Phaedro, Greifswald 1887, S. XI f.) zwar meiner Ansicht über den Theätet beistimmt, aber den Sophisten erst nach Republik, Timäus und Kritias verfasst sein lässt.

[2] Dittenberger a. a. O. 345.

[3] Wenn man nämlich die von D. S. 326 angegebenen Zahlen für je 100 Seiten der Hermann'schen Ausgabe berechnet, so erhält man für diesen Raum in der

	$\varkappa\alpha\grave{\iota}\ \mu\acute{\eta}\nu$	$\dot{\alpha}\lambda\lambda\dot{\alpha}\ \mu\acute{\eta}\nu$	$\tau\acute{\iota}\ \mu\acute{\eta}\nu$	$\gamma\varepsilon\ \mu\acute{\eta}\nu$	$\dot{\alpha}\lambda\lambda\dot{\alpha}\ldots\mu\acute{\eta}\nu$	Beispiele von $\mu\acute{\eta}\nu$ überhaupt
Republik:	13.83	13.83	10.69	0.63	3.46	49.68
Theätet:	10.89	5.94	12.87	1.00	1.00	37.62
Sophist:	29.02	12.19	14.51	6.00	2.44	87.80
Gesetze:	8.63	1.94	11.51	5.75	0.48	39.81

denen wir doch wissen, dass sie erheblich jünger sind als die Republik, für älter als diese zu erklären, und alle würden uns verbieten, sie für Plato's letztes Werk zu halten. Noch andere, von diesen wesentlich abweichende Resultate bekommt man für unsere vier Gespräche, wie für die platonischen Schriften überhaupt, wenn man die sprachstatistische Vergleichung mit anderen Partikeln, z. B. den von HOEFER[1] und von FREDERKING[2] gewählten, vornimmt.[3] Die durchgängige sprachliche Übereinstimmung des Theätet

[1] De particulis Platonis.

[2] Sprachl. Kriterien f. die Chronol. d. plat. Dial. Jahrbb. f. klass. Philol. 1882, Bd. CXXV, 524 ff.

[3] So ergibt sich z. B., wenn die Angaben Hoefer's, wie ich annehme, genau sind, für die nachstehenden 13 Gespräche und 4 Partikeln folgende Vertheilung:

A.	τε	τε . . τε	γάρ που	μέντοι	also für je 100 Seiten ed. Herm.			
					τε	τε . . τε	γάρ που	μέντοι
Protagoras . . .	1	0	1	16	1.59	0	1.59	25.4
Euthydemus . .	0	0	3	20	0	0	6.66	44.44
Gorgias.	1	1	4	21	0.86	0.86	3.44	18.1
Kratylus	0	1	13	21	0	1.26	16.45	26.58
Phädo	1	2	11	33	1.26	2.53	13.92	41.77
Phädrus	22	12	3	15	32.35	17.65	4.4	22.06
Republik	25	35	39	76	7.85	11.0	12.26	23.9
Timäus	225	11	0 (11γ. δή)	0	255.68	12.5	0	0
Kritias	28	1	0	0	147.35	5.26	0	0
Philebus	1	0	6	7	1.15	0	6.9	8.04
Sophist	3	3	3	12	3.68	3.68	3.68	14.63
Politikus	6	3	5 (17γ. δή)	6	7.23	3.61	6.02	7.23
Gesetze	43	50	8 (65γ. δή)	18	10.31	11.99	1.91	4.31

B. Man erhält daher die Reihen:

1. τε		2. τε . . τε		3. γάρ που		4. μέντοι	
Euthyd.	0	Euthyd.	0	Tim.	0	Tim.	0
Krat.	0	Protag.	0	Kritias	0	Kritias	0
Gorg.	0.86	Phileb.	0	Protag.	1.59	Gesetze	4.31
Phileb.	1.15	Gorg.	0.86	Gesetze	1.91	Polit.	7.23
Phädo	1.26	Krat.	1.26	Gorg.	3.44	Phileb.	8.04
Protag.	1.59	Phädo	2.53	Soph.	3.68	Soph.	14.63
Soph.	3.68	Polit.	3.61	Phädr.	4.4	Gorg.	18.1
Polit.	7.23	Soph.	3.68	Polit.	6.02	Phädr.	22.06
Rep.	7.85	Kritias	5.26	Phileb.	6.9	Rep.	23.9
Gesetze	10.31	Rep.	11.0	Euthyd.	6.66	Protag.	25.4
Phädr.	32.35	Gesetze	11.99	Rep.	12.26	Krat.	26.58
Kritias	147.35	Tim.	12.5	Phädo	13.92	Phädo	41.77
Tim.	255.68	Phädr.	17.65	Krat.	16.45	Euthyd.	44.44

Keine von diesen vier Reihen deckt sich, weder direkt noch wenn man sie umkehrt, mit einer der andern oder mit der von DITTENBERGER S. 326 auf Grund seiner Wahrnehmungen hergestellten, an die ich mich unter A gehalten habe; und

mit der Republik, des Sophisten mit den Gesetzen, lässt sich diesem Thatbestand gegenüber nicht behaupten. Es erscheint aber auch überhaupt fraglich, ob diesen Beobachtungen über den Gebrauch einzelner Wörter in den platonischen Schriften, deren Werth ich nicht verkenne, für die Bestimmung der Ordnung, in der jene Schriften verfasst sind, eine so maassgebende Bedeutung zukommt, wie man wohl geglaubt hat. Bis jetzt wenigstens zeigt sich die durch sie gewonnene Basis viel zu schmal, um den Bau weitgreifender Hypothesen tragen zu können; denn nur das Zusammentreffen vieler sich gegenseitig stützender, neben dem Wortvorrath jeder Schrift auch auf Stil, Wortfolge und Satzbau sich erstreckender Anzeichen könnte den Beweis liefern, dass gewisse Werke gewissen anderen in ihrem ganzen Sprachcharakter verwandt genug sind, und von allen dritten sich bestimmt genug unterscheiden, um auch zeitlich jenen näher, diesen ferner stehen zu müssen. Wie weit dieses Zusammentreffen gehen und an welchen Punkten es sich vorzugsweise zeigen müsse, lässt sich um so schwerer in allgemeingültigen Regeln aussprechen, da theils die Eigenthümlichkeit der Schriftsteller, theils die Natur der Gegenstände, über welche, und der Form, in welcher sie schreiben, auch für ihre Sprache erhebliche Verschiedenheiten bedingen. Bei Schriftstellern, die über einen so reichen Sprachschatz verfügen, wie Plato oder Goethe, wird es viel leichter, als bei ärmeren und weniger geschmeidigen Stilisten, vorkommen können, dass auch solche Schriften, die sich zeitlich nahe stehen, erhebliche sprachliche Verschiedenheiten zeigen, solche, die weiter von einander abliegen, im Unterschied von jenen in manchen Wörtern und Wendungen übereinstimmen; und das gleiche kann dadurch herbeigeführt sein, dass der Schriftsteller durch die Beschaffenheit seines Thema's oder durch sonstige Gründe zu einer ruhigeren oder bewegteren, einer trockeneren oder schwungvolleren, einer stetig entwickelnden oder einer lebhafteren, durch Fragen und Ausrufungen unterbrochenen, mehr in kleinen Sätzen als in grossen Perioden fortschreitenden Darstellung veranlasst wurde. Solche Unterschiede finden sich daher auch, gerade bei Plato, zwischen verschiedenen Theilen eines und desselben Werkes.[1] Um sich an sicheren Beispielen über diese Fragen zu orientiren, möchte ich vorschlagen, die Methoden, welche man auf die alten Schriftsteller

---

wenn man vielleicht bei Vergleichung von Nr. 1 und 2 mit Nr. 4 zu der Annahme geneigt sein könnte, dass in demselben Maasse, wie τε bei Plato häufiger wird, μέντοι seltener werde und umgekehrt, so zeigt doch das Beispiel des Philebus, des Politikus, der Republik, vor allem aber des Phädrus, wie unzuverlässig auch diese Norm wäre.

[1] Beispiele, die sich unschwer vermehren liessen, gibt FREDERKING a. a. O. 535. 540.

anwenden will, erst an den neueren zu prüfen, und solche Schriften, z. B. eben von Goethe, deren Abfassungszeit uns genau bekannt ist, oder auch Briefe, darauf zu untersuchen, ob die Merkmale bei ihnen zutreffen, von denen wir annehmen, dass sich an denselben bei Werken, deren Abfassungszeit wir nicht kennen, das frühere vom späteren unterscheiden lasse.

Wenn ausser dem Sophisten auch der Philebus für jünger gehalten wird, als die Republik, so steht dieser Annahme, wie schon SCHLEIERMACHER (Pl. W. III, 1, 570 f.) gezeigt hat, eine Stelle in der letzteren, VI, 505 B, entschieden entgegen. Nachdem hier Sokrates den Glaukon daran erinnert hat, dass die Idee des Guten, wie er ja oft gehört habe, das μέγιστον μάθημα sei, fährt er fort: »Aber auch das ist dir bekannt, dass die meisten die Lust für das Gute halten, die Höherstrebenden (κομψότεροι) dagegen die Einsicht (φρόνησις); dass aber die letzteren nicht anzugeben wissen, was für eine Einsicht diess ist, sondern sich schliesslich genöthigt sehen, zu sagen, es sei die Einsicht in das Wesen des Guten«. Um das gleiche Dilemma dreht sich die Untersuchung über das höchste Gut im Philebus vom Anfang bis zum Ende: Philebus sucht dasselbe in der Lust, Sokrates in der Einsicht; doch der letztere mit dem Vorbehalt, dass die Einsicht, wenn es sich zeigen sollte, dass sie selbst nicht das Höchste sei, diesem wenigstens zunächst stehe.[1] Hiebei handelt es sich nun allerdings im Philebus um die ethische Frage, was das höchste Gut für den Menschen, die ἕξις καὶ διάθεσις ψυχῆς sei, welche sich dazu eigne, ἀνθρώποις πᾶσι τὸν βίον εὐδαίμονα παρέχειν (11 D); in der Republik um die metaphysische nach der Idee des Guten, dem vollkommenen Wesen, welches der Grund alles Seins und als solcher von der Gottheit nicht verschieden ist. Trotzdem erhellt aber aus der Gleichheit der Fragestellung, dass die beiden Untersuchungen nach der Absicht des Schriftstellers mit einander in Verbindung gebracht und der Leser bei der einen an die andere erinnert werden sollte. Es kann daher nur darnach gefragt werden, ob die Stelle der Republik auf den Philebus zurückweisen oder ihn ankündigen will, der Philebus die Republik vorbereitet oder voraussetzt. Und hier spricht nun für die erste von diesen Annahmen, und somit für die Priorität des Philebus, schon die Art, wie die Frage in der Republik eingeführt wird. Ἀλλὰ μὴν καὶ τόδε γε οἶσθα — diess lautet doch ganz anders als der Anfang des Philebus. In diesem werden die zwei Behauptungen, zwischen denen entschieden werden soll, erst ausdrücklich festgestellt; in der Republik werden sie als

---

[1] Phil. 11 B—E. 19 C f. 66 D f.

bekannt vorausgesetzt, und diese Voraussetzung wird von Glaukon wiederholt bestätigt.   Woher sollen sie nun dem Leser bekannt sein, wenn nicht eben aus dem Philebus?   Denn sonst werden sie sich in keiner platonischen Schrift so gegenübergestellt, und wird die Annahme, dass die Einsicht das Gute sei, überhaupt in keiner berührt. Wäre der Philebus später verfasst als die Republik, so müsste man erwarten, dass jener Gegensatz der Bestimmungen über das Gute nicht in dieser, sondern in jenem als bekannt vorausgesetzt würde, und dass die Republik, statt jede der zwei streitenden Ansichten mit ein paar kurzen Worten zur Seite zu schieben, entweder genauer auf sie einträte oder eine künftige Besprechung in Aussicht stellte. Auch das aber wäre in diesem Fall befremdend, dass der Philebus von den in der Republik ausgesprochenen Bestimmungen über das Gute für die Lösung seiner Aufgabe gar keinen Gebrauch macht, und sich 28 D ff. mit dem Nachweis einer vernünftigen Ursache begnügt, welcher die menschliche Vernunft verwandt sei, davon aber, dass diese Ursache das Gute (oder die Idee des Guten) sei, kein Wort sagt. Man begreift diese Zurückhaltung, wenn Plato die Frage nach dem absolut Guten noch nirgends berührt hatte, und durch ihre Anregung genöthigt worden wäre, seine Untersuchung über das, was für die Menschen das höchste Gut ist, durch eine längere Erörterung derselben zu unterbrechen; weit unerklärlicher ist sie, wenn er nur in der Kürze an das früher gesagte zu erinnern brauchte. Auch von dieser Seite bestätigt sich daher unser Ergebniss, dass der Philebus der Republik nicht nachfolgte, sondern ihr vorangieng.

Ausgegeben am 10. März.

Berlin, gedruckt in der Reichsdruckerei.